Carlos Machado

Por acaso memória
(uma narrativa)

exemplar nº 177

Curitiba
2021

capa e projeto gráfico **Frede Tizzot**

revisão **Manu Marquetti**

encadernação **Lab. Gráfico Arte & Letra**

© Editora Arte e Letra, 2021
© Carlos Machado

M 149
Machado, Carlos
Por acaso memória / Carlos Machado. – Curitiba : Arte & Letra, 2021.

72 p.

ISBN 978-65-87603-13-1

1. Ficção brasileira   I. Título

CDD   869.93

Índice para catálogo sistemático:
1. Ficção: Literatura brasileira   869.93
Catalogação na Fonte
Bibliotecária responsável: Ana Lúcia Merege - CRB-7 4667

arte & letra
Curitiba - PR - Brasil
Fone: (41) 3223-5302
www.arteeletra.com.br - contato@arteeletra.com.br

Para Juliana Carbonieri

"Sinto muito. Quando aconteceu?"

"Alguns dias atrás."

"Vamos trocar de lugar? As minhas costas doem, assim posso encostar na janela."

"Há quanto tempo estamos jogando?"

"3 dias? 4 talvez."

"Bem, jogamos centenas de partidas já, não? Nenhuma foi igual à outra. E nunca será. O acaso não permite. Cada combinação entre os números desenha um caminho que as pedrinhas do dominó seguem. Aí desmanchamos tudo, juntamos, organizamos, então começa novamente. Percebe?"

"Como você consegue pensar assim com esse calor?"

"É só uma questão de perspectiva, meu caro".

"Sua vez".

(Olavo Lucceno jogando dominó. Sem data)

Alguém escreveu uma pequena nota informativa e a colocou no painel de notícias da Boca Maldita, ao lado da Praça Osório, na capital paranaense.

Há 10 anos, os agricultores do norte do Paraná viram suas terras morrerem. Milhares de pés de café amanheceram pretos, queimados pelo frio que fazia lá fora. 3 graus abaixo de zero dentro de casa, sem aquecimento, sem preparação alguma para aguentar a humidade e o frio nos ossos de cada morador, e 9 graus negativos lá fora, deixando todo o ouro verde morto, as raízes dos pés de café congeladas e assim, nunca mais o Paraná conseguiu produzir tanto. O fenômeno da migração do café para outros produtos foi necessário. Optou-se pelo trigo, soja e milho, e a criação de centenas de cooperativas, mas acima de tudo, grande parte das famílias que só tinham o café como possibilidade, saíram de suas casas (muitos com um braço na frente e outro atrás, segurando as poucas malas e seus filhos) em direção a tantos outros destinos: além de Mato Grosso, Mato Grosso do Sul, Rondônia e Amazônia, o movimento dentro do próprio estado foi grande. Curitiba, nesse momento, começou a receber um fluxo de pessoas nunca antes experimentado. Em poucos anos, a cidade provinciana (embora muito gelada no inverno e com ares "europeus") começou a ganhar caras de cidade grande, ainda que carregando em seu seio a vida pacata de cidade relativamente peque-

na. Ela não estava preparada para essa mudança tão abrupta que teve em suas ruas, mas a promessa por uma nova vida fez com que muitos agricultores começassem outros negócios, desenhando um novo roteiro para a cidade: lojas, casas de roupas, alfaiataria, sapataria, pensionatos, escolas, produtos para crianças e até cinemas de rua surgiam a cada mês. Essas pessoas venderam tudo que tinham e o que não tinham para, então, mudar seus próprios destinos e também de suas novas cidades. Seguiram suas vidas. Isso há exatos 10 anos.

julho de 1985.

1.

O único vínculo real que sobrou com a memória eram as cartas que Joana enviava praticamente uma vez por semana. *Praticamente,* porque às vezes a menina realizava passeios com a turma da escola – ou se perdia em outros pensamentos – e não tinha tempo para escrever. Uma vez por semana, o dia mais esperado por Olavo e Teresa.

Nem ao menos quando estavam sozinhos sentados no sofá ou deitados na cama podiam se lembrar com tanta certeza da realidade que os cercava, nem a memória do que se passou era tão presente. Em alguns momentos, esse lapso de recordação, se assim pode-se dizer, não se parecia triste ou alegre, simplesmente era. De certa maneira, tornou-se mecânico viver essa vida como agora estavam fazendo. A rotina, por certo, é muito difícil de ser quebrada, mas quando é modificada, que seja abruptamente, assim sempre pensou Olavo. Isso não significa que ele tenha passado por poucas mudanças ao longo da vida, muito pelo contrário, sempre inquieto, mudando-se de casa em casa, cidade em cidade, trabalho em trabalho. É certo que sua própria vontade tenha tido um papel fundamental nas mudanças pelas quais passou, mas é também muito importante o papel do acaso. Por que escolheu Curitiba para morar? De que forma encontrou aquela casinha no fundo de um pensionato onde conheceu Teresa? Por que naquela manhã aparentemente como qualquer outra Matias Mattos entrou na loja em que trabalhava para comprar cores? Queria apenas um pouco de lixa para fazer um teste com uma madeira que não conhecia muito bem, pediu ajuda para Olavo e o acabou convidando para mudar novamente de rotina.

Nesse ponto, deve-se ressaltar que, muito embora inquieto, sempre pensando em mudanças, Olavo não era desses que agiam antes do acaso. Ou seja, sua ambição e sua vontade de seguir adiante não o fazia modificar sozinho o rumo que sua vida tomava. "Sabe aquela história do campeonato de natação em uma ilha rodeada de jacarés? Pois essas pessoas deveriam saltar da margem deste rio até chegarem em uma pequena porção de terra a poucos metros de onde estavam, e deveriam cruzar o mais rápido possível, para não serem comidos pelos jacarés. Até um determinado momento, ninguém teve a coragem de pular na água, ficavam por ali apenas ensaiando, buscando forças e estratégias para realizar a prova. Até que de uma hora para outra, quase imperceptível e sem fazer barulho, um homem chega até o outro lado tornando-se o vencedor. Depois de descansar, o nadador foi entrevistado, pois todos estavam curiosos em saber como e em qual momento tomou a iniciativa de entrar na água e cumprir a prova. O homem, mostrando-se nervoso e indignado, não respondia às perguntas, queria apenas saber qual foi o infeliz que o empurrou para dentro da água! Não teve escolha: fechou os olhos e foi, até que chegou do outro lado com o coração na boca."

Assim funciona com Olavo.

Não tivesse lido a notícia publicada em todos os jornais do país no dia 16 de março de 1990, dois anos atrás, Olavo, provavelmente (sempre provavelmente), ainda estaria jogando dominó, sentado naquela casa de madeira, suando como nunca nas margens do rio Madeira em Porto Velho, esperando por Matias que o levaria para jantar no único restaurante da região (que na verdade era a casa de uma das moradoras da Ilha) e o apresentaria aos donos da terra. À noite, sonharia com o Boto Cor-de-rosa, com o Curupira e confundiria os vários estados do Norte do Brasil como sendo apenas um, divertindo Joana que havia acabado de aprender na escola quais eram as capitais do Amazonas, do Pará e de Rondônia.

E foi assim, abruptamente, que Olavo, Teresa e Joana viram-se novamente em uma nova realidade. Foram jogados para cantos diferentes sem escolha de como deveria ser: Olavo e Teresa de um lado, Joana do outro. Por isso, a cada semana que passam nessa nova rotina, esperam ansiosos para mais um pouco de memória da vida que não têm mais. E antes mesmo que o funcionário dos Correios possa bater palmas na frente do portão, Olavo já o aguarda: entre algumas propagandas de lojas de materiais de construção, curandeiras e benzedeiras e o jornalzinho de pescadores da região, a carta de Joana.

O único vínculo com a realidade. Mas qual realidade?, pergunta-se. Ao menos consegue passar horas olhando para um ponto fixo no teto ou no horizonte, esperando por alguma resposta. São tantas as possibilidades, mas ao mesmo tempo está encerrado em uma invenção que não é a dele. É o responsável por isso, é o único que se deve culpar por toda essa transformação em suas vidas. Olavo tem dificuldades em olhar para sua esposa com os mesmos olhos curtos de quem sempre esteve tão perto.

Não está mais.

É um outro homem. Cada dia com mais dificuldades em se lembrar de como era, de como é e ainda de como será a partir desse momento. Sentindo o cheiro do mar todas as manhãs, procurando entre os infinitos grãos de areia um pequeno semblante de alguém dizendo bom dia e o chamando por um nome que não consegue reconhecer, só percebe que alguém está olhando para ele quando vê a sombra em seus pés. "Devem pensar que sou mal-educado quando me chamam e não olho", disse Olavo para a esposa.

"Mas é apenas um nome, nada muda", dizia Teresa olhando para a parede ao lado da cama. "Mas pode ser também que eles pensem que você não escuta bem, assim não tem problema se não responde aos cumprimentos de quem anda por perto, além do mais, veja meus pais quando chegaram ao Brasil e passaram a ter outros nomes, ninguém sabia falar os nomes deles. A gente se acostuma".

Desta forma os dois sempre fazem: sentados na mesa da cozinha, com a toalha xadrez colocada de maneira cuidadosa, o bule com a água fervendo e o pó de café do lado do pote de açúcar. Teresa coloca o coador no suporte, algumas colheres cheias de café, ajusta a xícara embaixo e despeja a água cuidadosamente para não se queimar. Faz calor, mas ainda assim o café é inevitável. O cheiro que se apodera da cozinha deixa-os mais próximos um do outro, mesmo se para Teresa o café tenha um gosto que lembra o inverno.

É como se ainda estivessem vivendo a mesma vida de tantos anos, em Curitiba, confortáveis no apartamento na Av. Batel. O café preparado pela manhã, antes de Teresa começar a trabalhar em seu atelier e Olavo ir para o escritório continuar com suas negociações, deixava um gosto de até logo, quando Joana ficava na porta da escola e, sorrindo de ponta a ponta, passava pelo portão correndo, já puxando as amigas que esperavam umas pelas outras antes das aulas começarem.

A carta de Joana deixada em cima da mesa, separada do jornalzinho dos pescadores e dos panfletos de propaganda: "Construa na praia e venha viver a vida dos seus sonhos".

Olavo nunca quis. Nunca sonhou em morar em um pequeno balneário escondido no Sul do Brasil. Seria assim no sonho que ele nunca teve: acordaria todos os dias pela manhã, comeria um pedaço de pão caseiro com bastante manteiga preparado por sua mulher, um beijo de café na beirada da cama e caminharia despreocupado pela praia, usando chinelos de dedo, bermuda e camiseta branca, até chegar no ancoradouro, onde encontraria outros colegas preparando-se para partir. Procuraria uma pequena canoa pintada de branco, vermelha e azul, de modo a ter as três cores de seu time de futebol preferido, com o nome "Joana I" desenhado por um pincel caseiro de forma aleatória nos dois lados do casco. Junto ao seu melhor amigo, colocaria todo o material de pesca guardado no depósito do porto para dentro da canoa, pegaria seu velho chapéu de dentro de uma sacola, arrumaria-o na cabeça, ajustaria as velas de modo a deixá-las preparadas para guardarem o vento que levaria os dois pescadores para dentro do mar. Jogaria as redes para os lados que pudesse alcançar, acenderia um cigarro de palha preparado com cuidado e em um tamanho suficiente para que desse tempo dos peixes acabarem no fundo das redes. Esperaria esse momento a fim de puxá-las novamente para dentro da embarcação, já pesadas com quilos de peixes e frutos do mar.

Seria assim a vida que ele nunca quis. Nunca imaginou. Ao invés: todos os dias em seu escritório, negociando a madeira que vinha de Porto Velho, vendendo-a para todos os cantos possíveis que pudesse alcançar. Longe do tempo em que vendia tintas na esquina da Av. Silva Jardim, em Curitiba. Não se imaginou vivendo em um pequeno balneário escondido no Sul do Brasil. Pensou, sim, em voltar para a terra de onde vieram os Luccenos, italianos da Alta Itália que, fugindo da guerra, partiram para colonizar uma região no Brasil e começar uma vida nova. Assim ele sonhou.

"Construa na praia e venha viver a vida dos seus sonhos".

Talvez se substituísse "dos seus sonhos" por "que pode ser vivida", ele aceitaria com mais facilidade. E assim, poderia convencer suavemente Teresa a entrar no mesmo jogo que ele, para inventarem uma vida que não era a deles, serem outros personagens desse mesmo jogo, terem outros nomes, outras origens e disfarçarem que sofrem com o calor que faz nessa pequena cidade praieira. Dessa forma, quem sabe, os mosquitos não incomodariam tanto, como acontece todos os dias. Principalmente depois da chuva no início e fim de tarde. A única vida que agora pode ser vivida é essa. Longe de Joana, que nesse momento deve estar saltitando de flor em flor, como sempre fez, com uma felicidade que não cabe nela, mesmo se escondida da outra realidade.

Protegida, talvez.

A chuva que cai no fim de tarde traz (além dos mosquitos que vem com o calor saltando da areia da praia) o cheiro da menina ainda pequena correndo pela casa (quando moravam no pensionato, no centro de Curitiba), fugindo dos respingos que vinham pela janela. Rindo em voz alta, de cor em cor, joga-se no sofá, conta até cinco e volta para a janela a fim de colocar a cabeça para fora e se molhar, logo senta-se novamente no sofá, retorna para a janela e assim continua até sua mãe lhe pedir que não mais o faça, porque está molhando a casa toda. "Não, mamãe, somente a sala, não vê?" E sai correndo, rindo, para não levar mais bronca. Mas logo a pele sente que não mais está vivendo nesses tempos, agora os borrachudos os mordem sem dó, arrancam o sangue fresco de Olavo e Teresa. Que não são mais nem Olavo e nem Teresa.

A chuva nunca refresca.

Os panfletos colocados ao lado, deixando apenas a carta de Joana sobre a mesa, próxima das duas xícaras de café, o jornalzinho dos pescadores jogado na cadeira vazia ao lado de Olavo, a luz apagada para que não atraia mais mosquitos, as janelas abertas para refrescar a casa, mas com as telas quadriculadas que impedem a entrada de insetos abaixadas até o final do beiral. Assim fazem no momento em que vão abrir a carta.

É Teresa quem a desdobra com todo o cuidado do mundo, como se estivesse segurando Joana no colo pela primeira vez. Quando a menina nasceu, 15 anos atrás, presa ainda pelo cordão umbilical, sua mãe olhou para ela e pôde perceber que, a partir daquele dia, sua vida teria um outro sentido. Talvez estivesse aí a razão pela qual tenha saído de onde morava com seus pais e ido até Curitiba. Talvez tenha sido por esse motivo o frio que passou naquele inverno em 1975, quando viu a janela embaçada logo nos primeiros momentos da manhã. Talvez tudo tenha se convertido para esse pequeno ser, colocado em um berço ao seu lado no hospital, respirando despreocupadamente, sabendo que alguém estaria olhando por ela. Nesse dia, ela sonhou que estava sentada na calçada em frente ao pensionato de seus pais, quando viu passar um homem carregando duas malas e uma pequena bolsa de colo. Em um primeiro momento não consegue identificar quem é que passa por ela, mas assim que ele vira o rosto para cumprimentá--la, vê Olavo que se afasta, aproximando-se de seu carro parado na esquina. Sem conseguir levantar-se, porque sentia dores na altura do abdômen, viu que Olavo guardava as malas no bagageiro de seu carro e preparava-se para partir. Ela tentou gritar pelo seu nome, mas não saía voz alguma, batia com as mãos no portão em que estava para se fazer ouvir, mas ainda assim não tinha som. Pensou em chamar seus pais para ajudá-la, mas logo lembrou-se que eles já não estavam mais. Acordou com uma enfermeira fazendo curativos no corte da cesariana. Pediu para que chamassem Olavo.

Pois a carta de Joana é aberta com esse cuidado e essa lembrança. Cada vez esse pensamento, mesmo que borrado pela incerteza de sua própria identidade. Estava endereçada para duas pessoas com outros nomes. Não eram para Olavo e Teresa, pois não constavam esses nomes no envelope. Outras pessoas. Esse casal não morava mais em Curitiba, em um apartamento no Batel, longe do mar, perto do cinza do céu de todos os dias. Olavo sempre no meio das negociações com as madeiras de Porto Velho e Teresa com seus pincéis e telas. Nos envelopes das cartas de Joana, os nomes de um pescador e de uma costureira. Duas pessoas simples que viviam em um pequeno balneário escondido no Sul do Brasil: um casal sem filhos que alugou uma pequena casa ao lado de um terreno vazio, cheia de mosquitos, imersa em um calor do qual nunca estariam acostumados, mesmo se vivessem por mais cem anos nesse lugar, pingando de suor a cada pensamento mais fastidioso. Os envelopes estavam endereçados a um casal que, com ternura, havia perdido o vigor de seus corpos, já envelhecidos pelo tempo e pela surpresa do que não esperavam.

Assim que Teresa tem a carta de Joana em suas mãos, Olavo amassa o envelope com o nome desse pescador e dessa costureira e o joga no canto ao lado do fogão, onde estão todos os outros amassados ao longo desses meses. Cada vez mais estragados. Mas nunca esquecidos, ali, na parede da cozinha.

Sempre que Olavo faz esse gesto de amassar o envelope e jogá-lo no canto, Teresa busca seus olhos. Percebe que o marido começa a se confundir de fato com um pescador. Em alguns momentos também não sabe ao certo se tudo o que ela sempre fez ao longo dos anos não foi exatamente costurar roupas para as filhas de suas vizinhas, pregar botões para os rapazes e inventar saias para as mulheres. Ouvia seus pais falarem com frequência que era como se sempre tivessem vivido no Brasil, tal a facilidade que tiveram em se adaptar. Algumas pessoas conseguem entender novas situações com mais clareza que outras. Então, tudo passa a ser tão natural que é como se nunca tivesse sido de outra forma. Assim pensa Teresa durante as manhãs, quando deixa de ser Teresa e passa a ser a costureira que faz novas roupas para os moradores da comunidade, até que o balé das agulhas e das linhas no tecido passe distraído pelo dedo, tirando sangue, levando-a de volta para casa.

Ler a carta de Joana sem molhar os olhos. Impossível. Teresa percebe o quanto se esforça cada vez mais para ler sorrindo em voz alta, a pedido de Olavo. Apenas uma vez. Depois a guarda em uma caixa estampada que fica dentro do guarda-roupa do casal, misturada com algumas peças de roupa. Assim que o faz, volta para a sala, senta-se ao lado da janela à procura da claridade e continua a fazer o vestido que começou no dia anterior. O silêncio que guardam é para que as palavras de Joana ecoem por mais tempo dentro daquela pequena casa. Dessa forma, podem ouvir a filha passando pelas paredes, entrando nos cômodos, buscando água na cozinha, sentando-se à mesa, correndo para o sofá.

O único vínculo real que sobrou com a memória eram as cartas que Joana enviava praticamente uma vez por semana. Por isso, guardá-las nessa caixa fazia com que eles tivessem certeza de ainda preservar a memória em um lugar de fácil acesso, embora enrolada entre algumas peças de roupas.

Olavo segura a xícara com as duas mãos, porque já sente que o café esfriou, e beberica um pouco. Teresa começa a leitura com um sorriso no rosto, os olhos molhados.

Quando Olavo coloca a cabeça em seu travesseiro, com o corpo ainda tenso em pensamentos, questiona-se se agiu certo. Deveria, de fato, ter se envolvido com Matias da forma que fez? Não poderia ter tentado amenizar um pouco sua ambição e ter se controlado? Mas como saberia ele o que estava por acontecer? Como assim, de um dia para o outro, tão drasticamente diferente? Questiona-se Olavo, sempre que coloca a cabeça em seu travesseiro. Noite após noite.

Talvez ele nem quisesse ter atravessado esse trecho de água cheio de jacarés para chegar ao outro lado da ilha. Talvez tivesse sido melhor ficar mais atento para ter evitado de levar um empurrão. Assim, teria continuado do lado de lá da margem, olhando para a ilha, querendo estar ali, mas sem de fato fazer algo para isso acontecer. Teria sido melhor continuar na loja de tintas, do lado direito do balcão, conhecendo as novas cores a cada ano. Assim, ainda estariam morando no pensionato no centro de Curitiba, Teresa trabalhando na fábrica e cuidando dos estudantes. Continuaria se espantando com o tamanho de Joana, cada manhã mais mocinha. "Não deve se lamentar, Olavo. Tente dormir", dizia Teresa todas as noites, enquanto Olavo se virava para os lados sem poder pegar no sono.

Porém, alguém bateu em suas costas e ele caiu na água. E, depois de alguns anos, a notícia do dia seguinte: deveria sair desse lugar e não poderia voltar para a mesma margem de antes, ela já não existe mais. Assim foi. Desde então, não consegue dormir tranquilamente, achando que a qualquer momento eles podem chegar em um barco escuro, vindos do norte diretamente para o pequeno balneário. Se isso acontecesse, certamente parariam no porto ao lado de sua canoa, essa que ele não tem, e pulariam da embarcação armados até os dentes em busca do Sr. Olavo Lucceno, aquele que os enganou, aquele que não cumpriu com o combinado e que não consegue resolver a situação da melhor maneira possível. Eles começariam a rondar sua casa, fazendo sons de guerra, como os índios quando tinham que atacar o homem branco que chegou em suas terras dizendo que eram os donos do pedaço. Assim, Olavo escutaria os gritos desses homens, o som de suas armas, acordaria Teresa deitada ao seu lado para que pudessem se esconder dentro do guarda-roupa, junto às cartas de Joana, as quais pegariam antes de sumir. Mas tem medo de não conseguir sair do lugar, como nos sonhos que tinha quando criança, em que tentava gritar e não era ouvido, tentava correr e não saía do lugar. Talvez eles vão querer apenas conversar, disse Teresa, podemos nos sentar para tomar um café, eu explicaria a situação, convidaria para ficarem até a hora do jantar, vocês poderiam jogar uma partida de dominó. O que acha? Eles adoram jogar dominó, Olavo, fique tranquilo que vão me ouvir. Olha, vou fazer um desenho bem bonito, quem sabe não nos deem mais tempo?

De quem é a culpa?, pensa Olavo quando sai de sua casa, pela manhã, depois de mais uma noite dolorida.

2.

Chutando as pedrinhas do quintal até passar pelo portão de sua casa, Olavo caminha em direção a uma cabana que descobriu nos primeiros dias perto da Praia Brava. O vento é bastante generoso nessa época do ano, mas ele vem acompanhado do mormaço da areia quente e da maresia. A água salgada deixa a boca rachada, com pequenos cortes nos lábios, fazendo com que sinta uma ardência toda vez que as ondas respingam em seu rosto. Quando se acostuma com essa dor, mergulha o corpo inteiro na água para tentar esquecer a secura que ainda sente na boca desde que leu a notícia nos jornais do dia seguinte: incrédulo. Olavo ligou para seu advogado: "isso só pode ser uma brincadeira de mau gosto que esses jornalistas estão fazendo", grita Olavo pelo telefone. "Infelizmente precisamos pensar em alguma solução legal, porque isso é verdade, meu caro". Pelo outro lado da linha, sem muita energia, respondia seu advogado. Olavo dá um último mergulho e volta cambaleando entre as ondas até a praia, deita-se de barriga para cima e se deixa ficar por alguns minutos antes de seguir para a cabana de todos os dias. Sempre que ficava debaixo d'água ouvia a voz de seu advogado dizendo que fariam algo. A última vez em que se falaram foi quando Olavo vendeu seu apartamento no Batel e pegou um ônibus para o balneário. Meses atrás.

Nada foi suficiente para tanto.

Essa cabana foi construída há mais de dez anos por um pescador que perdeu sua mulher e seus dois filhos pequenos em um acidente com a balsa que cruza de Pontal do Sul até a Ilha do Mel, no Paraná. Assim que isso aconteceu, o homem juntou o que tinha e foi mais para o sul, seguindo a orla da praia, até chegar nesse pequeno balneário. Na época, existiam apenas poucas casas construídas ao redor da igreja, que se tornou a praça central, mas ele optou por se refugiar quilômetros dali. Dessa forma, enquanto durasse a dor da perda de sua família, poderia isolar-se e, ao mesmo tempo, caso precisasse de algo, estaria relativamente perto de uma comunidade. Assim, esse pescador passou o resto de sua vida entre o mar e a cabana, aos domingos na igreja, nos horários em que não havia missa, e a lembrança de sua mulher e filhos. Quando morreu, foi encontrado por uns turistas que por ali passavam e sentiram um cheiro horrível vindo de dentro da casinha, assim foi logo enterrado no cemitério atrás da praça sem a identificação de seu nome, em uma vala comum. Ninguém nunca soube. Dessa maneira, a cabana foi ficando esquecida: parte da madeira já apodrecida pela água do mar e da chuva servia apenas para escorar a estrutura da parede de um dos dois cômodos. Percebe-se ainda um pouco de cor, azul, grudada nos vãos das tábuas. A única porta que havia por ali estava encostada do lado de fora, junto com partes do que provavelmente teriam sido janelas. Encontradas dentro de um dos cômodos, no que deveria ter sido a sala, algumas imagens de santos sem partes do corpo equilibram-se em cima de uma mesa manca. Uma das imagens parece ser São Jorge, já que carrega o pedaço do que sobrou de uma possível espada, mas como a cabeça do santo está jogada em algum outro lugar, misturada com partes de pés e mãos de gesso, não se sabe ao certo se realmente é São Jorge ou São Pedro, ou ainda Santo Antônio, o casamenteiro. Sempre que chegava por ali, Olavo entrava nos dois cômodos e procurava por mais uma parte dos santos, porém nunca ia mais além do que achar lascas desses santos. Preferia ficar lá fora. Exatamente ali, sentava-se para passar a manhã.

Nas últimas vezes em que esteve nesse seu pequeno refúgio, percebeu que não estava tão só como imaginava. Além das madeiras apodrecidas e, portanto, dos pequenos bichos que se instalaram entre as rugas das tábuas, foi percebendo uma quantidade significativa de abelhas que chegavam a cada dia. Elas estavam construindo uma grande colmeia utilizando um pouco da terra que se misturava com a areia da praia. Um dia após o outro foram aumentando a estrutura, até que nessa manhã já se percebia que estavam vivendo em um morro que chegava perto da beirada da janela. Por uma das entradas da colmeia, uma fila de pequenas abelhas que se aglomeravam carregando o que poderiam ser larvas com as quais se alimentavam.

Com um olhar curioso, Olavo aproxima-se deste ponto com cuidado para não atrapalhar o caminho das himenópteras. Talvez com medo de ser picado por elas, ou apenas instintivamente evitando o transtorno que seria para esses insetos caso o fizesse. Queria entender o que elas queriam com essas larvas. Para onde levariam? E como construíram esse aglomerado de favos no entorno da cabana.

Imaginava que dentro da colmeia houvesse outros muitos caminhos que levariam ao mesmo lugar. Dessa forma, elas poderiam se dividir e intensificar a velocidade com que desempenhavam esse papel. Algumas, no entanto, insistiam em sair dessa linha, voando um pouco para o lado de fora da rota normal. A maioria seguia a procissão. Sabiam exatamente em qual ponto poderiam parar, onde deveriam continuar etc. Usam um sentido que só elas entendem, seria talvez o gosto do alimento, ou a necessidade de sobrevivência que fazia com que elas fossem tão controladas dessa forma. Assim fazem as formigas e outros insetos que vivem em grandes colônias, pensava Olavo.

Quando era mais jovem e morava ainda no interior de São Paulo, lembra-se de algumas vezes em que seu pai ficava bravo com ele quando saía correndo de casa em direção aos pés de café sem cuidar por onde pisava e passava, catando bolotas de terra e os formigueiros que encontrava em sua frente. Queria apenas brincar, não tinha a menor ideia porque seu pai ficava tão bravo. Até o dia em que voltou chorando, com o corpo todo vermelho, inchado, sem conseguir respirar direito. Havia caído em uma colmeia maior que ele e, desesperado, começou a se bater e a tirar sua roupa para que as abelhas saíssem de sua pele.

"Filho, elas existem ali porque ajudam o café a crescer", explicava seu pai, já com a voz mais calma, quando estavam saindo do hospital. "É claro que elas machucam se você invadir o espaço delas", dizia sua mãe.

Aos poucos, Olavo foi aprendendo que cada pedaço de terra tinha uma comunidade de insetos, bichos, plantas e que cada um deles tinha o mesmo objetivo. Seguir.

"Apenas isso", dizia seu pai saindo de dentro da colmeia que ele observa, alastrando-se pelo que ainda resta da parede de fora da cabana.

Olavo puxou o pedaço da madeira que formava o que era a porta da cabana para perto da colmeia e sentou-se ainda mais perto da entrada desse morro de terra. Pegou alguns gravetos que estavam pelo chão e começou a alargar uma das entradas. As abelhas pareciam perder o rumo da fila em que estavam. Com bastante paciência, foi conseguindo expor ainda mais a estrutura que elas tinham construído até chegar perto do que parecia ser o ponto em que ficava a rainha. Encoberta pelas larvas que as operárias levavam para dentro, Olavo visualiza uma abelha que parecia ser maior que todas as outras. Sem pensar mais, ele a esmagou com um pedaço de pedra contra o favo em que estava.

"Um dia após assumir o cargo". De um dia para o outro. Assim, começou a perceber que as operárias foram se dissipando, perdendo o rumo até não mais encontrarem a entrada da colmeia, já praticamente destruída pelo graveto que Olavo usou até se deparar com a rainha dessa casta.

Assim como os pássaros que, quando não podem voar, param de cantar.

Não existe mais o Olavo negociante das madeiras que vinham de Porto Velho. Nesse pequeno balneário escondido no Sul do Brasil, vive um pescador com sua mulher, sem filhos. Ela é costureira e trabalha pregando os botões das camisas dos rapazes da comunidade ou inventando saias para as mulheres.

Esse pescador, quando volta para sua casa, depois de passar as manhãs nessa cabana abandonada por um outro pescador solitário, tem medo de não encontrar sua mulher, de não achar sua casa. Voltaria pelo mesmo caminho por onde passou na ida, cumprimentaria o vendedor de sorvetes e o moço da única banquinha de revistas da praia, perceberia no semblante desses homens que eles já sabiam o que tinha acontecido em sua casa. Apertaria os passos, já com o coração mais acelerado, teria a mesma secura na boca de quando leu a notícia do dia seguinte nos jornais pela manhã, e gritaria por ela. No lugar onde estava sua casa, teria uma grande colmeia com diversas operárias entrando por vários pequenos buracos, carregando larvas para se alimentarem, e teria medo. Mas sem perceber o perigo, pularia com toda força no meio desse grande morro e ficaria sujo de terra e mel. As abelhas entrariam por sua roupa até que ele pudesse achar as cartas que Joana mandava praticamente uma vez por semana.

Mesmo com centenas de pontos vermelhos pelo corpo, seria a única forma de continuar com um pouco do vínculo com sua realidade.

Lentamente, ao longo desse verão em 1992, Olavo Lucceno começou a perder a memória.

3.

Teresa pensa no livro que seu pai deixou para ela aprender como desenhar as asas de uma borboleta e inventava uma memória: ao fundo, uma montanha com seu chapéu branco de neve, tocando o céu todos os dias pela manhã, mesmo quando escondido entre nuvens. Gostava de andar por trilhas em busca de borboletas que não desciam para o vilarejo, escondiam-se pelos caminhos que levavam ao cume. As mais especiais, as borboletas amarelas, não desciam do topo e viviam poucas horas. Por isso, quando queria encontrá-las, saía pela manhã com uma pequena bolsa nas costas, com água e alguma coisa para comer, e ia marcando o caminho considerando as horas de vida dessas borboletas: uma hora de subida, eram larvas; duas horas de subida, já estavam começando a esticar as asas; três horas de subida, caminham entre as pequenas flores brancas que nasciam na terra; quatro horas, cinco horas, seis horas, elas fazem seus voos malucos, sem direção, rodeando a parte mais alta, desviando-se das nuvens que ficavam por ali. Quando chegam ao último obstáculo, as borboletas amarelas exibem-se para a menina, lentamente diante dos seus olhos e mergulham para o outro lado, saindo de cena.

Olavo olha para o mar e imagina quantos peixes consegue colocar na rede que trazia dentro da canoa.

4.

Do sofazinho em que estava sentado, Olavo consegue observar Teresa costurando uma saia perto da janela. Ele enxuga o suor que pinga na camisa. Não consegue se acostumar com o calor que faz nesse pequeno balneário no Sul do Brasil. Assim como também não consegue se dissipar de um sentimento de culpa que o acompanha há muito tempo. Teresa passou anos cuidando do pensionato desde que seus pais morreram e, ao mesmo tempo, trabalhando em uma fábrica de tecidos, sempre rodeada de cor, mas com pouco tempo para ela mesma. Quando Olavo começou a ganhar mais dinheiro, negociando as madeiras de Porto Velho, Teresa pôde deixar a fábrica e o pensionato. Ficava o dia pensando cores, formas e deixando as impressões em papéis. Era como se a cada dia inventasse uma nova espécie de borboleta e assim fazia com que elas voassem até morrerem, para então nascerem sob outras formas e assim por diante. "Uma borboleta pode durar apenas algumas horas, ou dias, mas não mais que anos", escuta Teresa de seu pai, ainda no interior do Paraná, sentados ao lado do quintal que dava acesso aos pés de café.

A culpa pode fazer com que as pessoas não consigam sair do lugar em que estão. Olavo fixa os olhos no desenho que a agulha faz no tecido da saia e vê o quanto a vida de sua esposa foi desenhada pela sua própria.

Ele puxa o ar com toda a força para dentro dos pulmões e se mexe entre as almofadas que tem ao lado. Tenta novamente com mais impulso, até gritar, involuntariamente, de dor. Ou de susto.

Teresa larga a saia, deixando-a cair no chão, e corre para perto de Olavo. Sente-se como uma borboleta em plena ventania. Vai para todos os lados que o vento quer que vá. Assim faz sua dança. Quando sai do sopro, continua a voar descompassada, em síncope.

Olhando para Olavo, deitado em sua perna de forma maternal, Teresa ainda vê em seus olhos claros aquele homem que chegou no pensionato com os cabelos já grisalhos antes do tempo, a pele queimada de sol, dizendo que havia conseguido um novo emprego por perto e por isso resolveu mudar-se para o centro. Passando as mãos em seu rosto, vê cada traço que buscava nos primeiros desenhos que fazia dele, todas as noites antes de dormir, cada mistura de cor que experimentava na paleta de tintas. Cada suspiro que deu por ele quando deixava a porta do quarto aberta para que pudessem dormir juntos. "Só se for em silêncio, meus pais estão aqui ao lado". Prendia a respiração até não mais poder. Percebe no canto de seus olhos longas fendas, como se fossem entalhadas em tábuas antigas, sendo que cada uma delas partia de um ponto e chegava a outro como contassem histórias. Um pouco das quais ela, Teresa Lucceno, também fazia parte.

Olavo faz sinal para Teresa que está tudo bem.

"Vai ficar tudo bem". Não precisa ficar tudo bem, pensa Olavo. Agora já inventaram uma nova vida. Não são mais Olavo e Teresa. Ele é um pescador que durante toda a vida trabalhou nos mares da costa brasileira, passando por todos os estados, mas que se decidiu ficar por ali, nesta pequena casa, nesta pequena praia até o fim de seus dias. Ter uma vida simples, tomar café preto com pão caseiro, levar peixes para o almoço e vender o que trazia em excesso. Comprou uma pequena canoa com as cores de seu time de futebol, escreveu o nome de Joana I, dizendo que era o nome de sua mãe. Teresa não pintava borboletas. Deixou a fábrica onde trabalhava e acompanhou o marido até Porto Velho (mesmo sendo quase sempre pelo telefone ou lembrança) e agora até essa praia. Sentada em uma cadeira ao lado da janela da sala, coloca os botões perdidos das camisas dos moços e faz novas saias para as moças. O casal não tem filhos. Ela com um problema no útero, tirou quando ainda eram recém-casados. Mas não são infelizes por isso, acredita que Deus quis assim, e assim será.

Até o dia em que tudo vai ficar bem.

"Tudo vai ficar bem", ainda diz Teresa ao lado de Olavo, suando com o calor que faz dentro de casa. As janelas abertas, apenas com as telas que protegem contra os mosquitos. Final de tarde é ainda pior, quando todos os insetos resolvem voltar para casa e querem ficar passeando ao redor da luz da sala ou da cozinha, por isso preferem acender as velas, e mesmo com o calor, o café ajuda a espantá-los.

"A gente vai se adaptar", dizia Teresa para Olavo antes de fechar a porta de sua casa em Curitiba pela última vez. Conseguiram vender. "Deve ser alguém que tinha informações privilegiadas", dizia seu advogado. O último conhecido que permaneceu ainda na outra vida que tinham. Depois disso, nunca mais se viram. Assim, Olavo pôde pagá-lo, despediu-se de Joana e foi perdendo a memória aos poucos.

"É claro que vamos nos acostumar. Nós nos acostumamos realmente a tudo. É mais conveniente do jeito que está, e assim tudo vai ficar bem, sei disso, Teresa. Fique tranquila". Olavo queria ter dito dessa forma à sua mulher, já no carro quando pegaram a estrada para voltar à Curitiba. Mas viajaram em silêncio, apenas com a roupa do corpo e duas mochilas. O carro ficou no meio do caminho, vendido para o dono de uma oficina que ofereceu metade do valor que valia. Logo pegaram o ônibus em direção ao pequeno balneário. As marcas por onde passavam iam sendo apagadas com a chuva, assim a terra deslizava e ajudava a escrever outra história, como quem despistasse da verdade. No ônibus que os leva até o pequeno balneário, apenas algumas manchas de lama não saíram com a água.

Se ler as cartas que Joana enviava praticamente todas as semanas era o único vínculo real que sobrou com a memória, escrever as respostas dessas cartas era um exercício de invenção. Inventar outra realidade. Fingir algo que já não era mais. Ser alguém que há muito tempo deixou de ser. E a melhor maneira que encontraram para isso foi manter o silêncio. Passar o final de semana em uma casa de praia, com os amigos, planejar as viagens de férias, continuar a negociar madeiras em Porto Velho e a ganhar sempre mais dinheiro, desenhar cada dia uma borboleta mais bonita que a outra. A filha estuda em uma escola interna, mas depois poderá ir para a Alemanha fazer faculdade. Assim, tudo ficava em silêncio nas respostas, pintado na memória: o mesmo apartamento da Avenida Batel, todos os dias Olavo indo trabalhar em seu escritório, viagens para o Norte, Teresa trabalhando em seu atelier.

Olavo levanta-se para pegar um copo d'água. Sempre que puxa o ar até sentir uma pontada no peito, fica com a boca seca. A mesma boca seca de quando leu o jornal do dia seguinte. Teresa não o reconhece vendo-o assim de pé na cozinha. O bonito homem grisalho antes do tempo, com a pele queimada pelo sol e os olhos ambiciosos por um futuro promissor ficou para antes. Não poderia mais deixar a porta do quarto aberta porque não haveria mais noites de arrepio na pele, não haveria mais respiração presa até desfalecer-se em silêncio, escondendo os gemidos. Olavo deixou cair um pouco d'água em cima de um desenho de Teresa que estava sobre a mesa, pronto para ser colocado na carta que enviariam à Joana. Quando percebeu, o papel já estava enrugado.

5.

Quando começou a chover, era por volta das 13h50, o barco que navegava tranquilamente, com bastante estabilidade, começou a balançar cada vez mais ao longo do caminho. Por dez minutos, Olavo tinha certeza que logo estaria jogado no rio Madeira sem colete de proteção, perderia o rumo e não saberia mais onde estava. Teria dificuldades em respirar, até achar um espaço entre o casco da embarcação e a superfície da água. O problema seria com o motor, que continuaria funcionando e poderia arrancar partes do corpo caso passassem por perto. Imaginem só, sem uma mão, um pedaço da perna, a orelha ou o cabelo como em um liquidificador. Por dez minutos, pensou que não sobreviveriam à chuva, que a cada momento parecia ficar mais forte. Talvez o problema fosse apenas essa capa de plástico que o barqueiro colocou para evitar que se molhassem, pensou Olavo. Uma capa grossa que, aparentemente, fazia mais barulho do que realmente se podia ouvir lá fora. Por uma brecha que abriu nesse plástico, um pouco do ar abafado de fora encontrou-se com o ar parado de dentro e fez com que Olavo lembrasse que poderia respirar ainda. Viu as gotas grossas da chuva caindo no rio e poderia jurar que estava sendo acompanhado por Botos cor-de-rosa que passavam perto das margens do rio, a fim de mostrar o caminho certo ao barqueiro, já que duvida que alguém consiga ver alguma coisa nesse momento. Uma mulher e um menino que estavam sentados na frente de Olavo, olhavam com curiosidade. Ela achava engraçada a cara de espanto e desespero que o senhor de cabelos e barba branca fazia a cada volta abrupta da embarcação. Segurava firme com as duas mãos encaixadas debaixo do banco, com os dedos já sem circulação de tão agoniado que estava.

Já por volta das 14h, a chuva havia virado garoa e logo o sol voltava a brilhar ainda mais forte, trazendo novos mosquitos ao redor de seu rosto. Quando o barqueiro percebeu que poderia tirar a proteção de plástico, Olavo sentiu que o calor na parte de fora era ainda maior.

Em cima de um pequeno morro de terra, na margem do rio Madeira, um homem alto, com bigode escuro (talvez preto ou castanho), usando óculos com lentes bem fundas, vestindo bermuda, chinelo e camiseta regata acenava. Ele estava ao lado de um tronco que parecia ter uma placa indicando o nome do lugar.

"Cuidado ao descer, senhor, a água está chegando nos joelhos", disse o barqueiro.

Antes de Olavo sair do barco, ele deu a vez para a mulher com o menino. Ela agradeceu, disse algo que parecia ser "boa sorte" e pulou na água. Assim fez o menino, ainda com o rosto sujo da pipoca e do cigarro de chocolate que estava comendo há pouco. Quando o garoto colocou os pés para fora, a fim de se jogar na água, Olavo achou ter visto que um deles estava virado para trás.

Mas não tenho certeza, pensou, quando já cumprimentava Matias Mattos pessoalmente.

6.

Obs.1: tenho certeza de que o senhor não vai envolver mais ninguém nessa história, não é mesmo? Afinal de contas, como vai explicar para eles?

Obs.2: os donos da terra, que também são os donos da verdade, pediram para avisá-lo que da próxima vez querem desafiá-lo para uma partida de dominó.

Um grande abraço, de Matias Mattos

7.

Sentado no tronco em frente à porta da cabana de madeira abandonada, Olavo dobra a carta de Joana com cuidado, ainda úmida, e a coloca no bolso de frente da camisa. Pensou que precisava costurar a parte de baixo do bolso; já estava com dois pequenos buracos. Com medo de perder a carta, tira-a da frente e a coloca no bolso da calça. Teria que passar nos Correios a fim de deixar a carta que tinha para a filha. Confere se o envelope ainda está no outro bolso. Dessa vez Teresa não quis escrever nada, apenas desenhou: cores sem forma. Eram as cores do inverno na praia. O cinza não era tão gelado como o cinza de Curitiba ou aquele que ela guarda na lembrança de quando, ainda menina, acordou e olhou diante de sua janela os pés de café queimados pela geada; trazia o mesmo cheiro. Olavo decidiu que essa semana mandaria duas ou mais cartas para filha. Pensou em escrever muito, uma história. Queria que Joana se sentisse mais próxima deles, queria falar para ela dos peixes que traz todos os dias para casa, das roupas que sua mãe faz para os moradores dessa praia. Falaria sobre as abelhas que moram encostadas na porta de uma cabana de madeira abandonada no verão, explicaria como elas fazem para construir suas casas e como as operárias obedecem à rainha. Diria ainda que o zangão, depois de acasalar com a rainha, é abandonado por ela até morrer com o veneno da fêmea. Sairia caçando borboletas e joaninhas para colocar no envelope como sinal de sorte, mandaria um abraço de todos da família e a convidaria para passar as férias com eles na casa de praia. Perguntaria se ela não se importa em ir para a Alemanha sozinha porque tem que pescar, não pode ficar sem os peixes, já que assim não teriam almoço. Desafiaria a filha para uma partida de dominó (a última vez ela o venceu, ficando sem nenhuma peça nas mãos em poucos minutos). Teria que escrever mais de duas cartas para contar tudo isso, talvez 10, talvez mais. Todos os dias escreveria um pouco e as colocaria nos Correios, assim, como em uma novela de televisão, ela poderia acompanhar as cenas dos próximos capítulos. Responderia a todas as perguntas que ela fizesse em suas respostas e encheria a filhota com outras mais: qual a capital do Amazonas? Quantos estados tem o norte do Brasil, filha? Sabe qual a cor das árvores mais altas do Pará? Quantos milímetros de chuva caem por ano em Curitiba? Ou melhor, quantos dias no ano o sol aparece em Curitiba? Você sabia que estamos perdidos em um espaço-tempo sem rumo?

Você sabia que eu me tornei um pescador?

No caminho para o posto dos Correios, Olavo vê um homem correndo, que passa por ele com porte atlético, cabelo arrumado com gel, tênis importado. Engraçado ver como os jornalistas, cinegrafistas e fotógrafos precisam também estar em forma para acompanhá-lo. Ao lado do pescador, sorri erguendo as mãos em sinal de bom dia, como está o senhor? Tem passado bem aqui na praia? Tem se alimentado todos os dias, certinho, de manhã, de tarde e de noite? E como está Joana, sua filha. É esse o nome dela, não?

Sim, Joana, joaninha, coccinella.

Continua:

O senhor precisa correr também, fazer exercícios, faz bem para começar o dia. Eu gosto também de fazer atividades físicas no final do dia, mas prefiro assim pela manhã, bem cedinho. Dessa forma, posso mostrar para todos que tenho energia e que serei, portanto, um ótimo representante do povo! Aliás, já sou. Fui eleito tempos atrás. Não acha isso muito esperto? Aprendi desde cedo que tinha que ser assim. É como se eu fosse um herói, sabe? Mas claro, o senhor tem ideia de quanto está a inflação hoje? Claro que não sabe, dormiu pensando que era um valor e agora já é outro. E cai na gargalhada esse homem com os cabelos arrumados com gel. Vitalidade, essa é a ordem do dia. Melhor dizendo, vitalidade com inteligência. O senhor já leu meus livros? Fique tranquilo, assim que eu tomar posse, minha equipe econômica dará um jeito nisso. Está tudo planejado, será apenas uma questão de tempo. Venha, o que o senhor está fazendo aí? Esperando o quê? Guarda essa carta aí e vem comigo. Olavo aperta os passos para poder acompanhar o homem que corre pela orla da praia, desvia dos fotógrafos mais próximos e consegue ficar ao lado dele. Olha para o senhor. Já parou para pensar? Seus cabelos ficaram totalmente brancos! Sim, eu sei, sempre teve os cabelos e a barba branca, porém iam ficando dessa cor aos poucos, movimento normal da vida, mas nesses últimos anos, aliás, quantos anos já? Dois, três desde que leu as notícias no jornal do dia seguinte, isso? Então, nesses últimos anos eles esbranquiçaram totalmente! A pele ficou mais flácida e o rosto com rugas. Não é mesmo? E ainda tem apenas quantos anos mesmo? 50? 55? Olha, senhor, eu tenho 40 (talvez um pouco mais), mas parece que tenho uns 28, não acha? O mais novo chefe de governo desse país. Qual foi a última vez em que esteve na cama com sua mulher? Desculpe a intimidade, sei que não deveria falar sobre isso, são coisas muito puras, não é mesmo? Mas cá entre nós, eu sou o presidente desse país (sim, eleito pelo povo!) e o senhor é brasileiro, portanto acho que assim já temos intimidade suficiente para falarmos disso, não acha? Eu vejo tudo, senhor Olavo. Viu só? Até sei seu nome. Enfim, qual foi a última vez em que esteve com sua mulher na cama? Não pode, né? O senhor sabe o por quê? Porque o senhor acabou com a vida deles, o senhor anulou o que tinha de bom e só trouxe medo e incerteza. Veja agora: é um pescador que não sabe pescar, tem uma canoa que não pode passar desse ponto do mar, ainda perto da praia, uma filha que não vê há tempos, uma memória que está te abandonando. O senhor se lembra de alguma coisa? Ou já não existe mais? Desculpe, Sr. Olavo, a minha intenção não é te fazer chorar, nem te fazer sofrer. Na verdade, eu nem me importo com o senhor, e com mais ninguém. Por que tenho que me importar? Só porque cheguei até aqui? (falando baixo). Mas pare de chorar um pouco, enxugue esse rosto e continue correndo comigo, olhe para frente, levanta a cabeça assim, arrume os braços para cima. Não, o senhor está fazendo tudo errado, não é com o corpo que se corre, é com a cabeça. Entende? Está vendo essa moça na bicicleta? Ela nem olha para nós. Algumas pessoas ignoram, mas o senhor resolveu se importar. Pense que nada disso ficará para sempre. Sim, eu sei, também posso falar com ternura e sei reconhecer que isso vai acabar. Só não sei dizer quando. Você se incomoda se eu começar a rir bem alto agora? Estou com vontade de rir da sua cara. Adoro fazer isso. Mas logo paro, só um pouquinho, está certo? Mas só se o senhor continuar correndo comigo. Olha que dia lindo! O senhor está com frio? Mas estamos na praia, aqui não faz frio. Frio é na sua cidade. Aliás, o senhor não tem mais cidade, não é mesmo? Triste isso. Não me faça chorar também, tá certo? Olha, se eu fosse o senhor, correria bastante, mas para essa outra direção aqui. Me disseram que ali é onde param os barcos vindos de Porto Velho. Desculpe, Sr. Olavo, não consigo parar de rir. Foge, está bem? Mas foge rápido porque cedo ou tarde eles vão te encontrar. Ah, sim, me diga uma coisa, Sr. Olavo, claro, entendo que talvez eu tenha sido um pouco radical (ou muito, sei lá), mas foi necessário, sabe? Não tinha outro jeito, era vencer ou vencer. E ainda acrescento mais um terceiro vencer só para dramatizar. Mas o senhor também andou fazendo umas coisinhas erradas por aí, não é mesmo? Vou falar bem baixinho para ninguém ouvir. Venha aqui no canto, deixe esses jornalistas de fora e entra aqui debaixo da minha jaqueta (presente da minha mulher, bonita, né?... Opa, calma lá, estou falando da minha jaqueta e não da minha esposa, olha o respeito, cara!). Bem, sabe aquelas madeiras que o senhor trazia do Norte? Então, que feio, senhor Olavo, muito feio isso que o senhor fez. Sua esposa sabia disso? E Joana, coitadinha. Quantos anos ela tem hoje? 15 já? Então ela já entende bem, não é mesmo?

Talvez por isso o senhor fica inventando respostas sem pé nem cabeça nessas cartinhas que escreve para ela, não é mesmo? Teresa enche o papel com desenhos (muito bonitos, diga-se de passagem) e o senhor coloca aí qualquer coisa, até poético, eu diria. Não sabia que o senhor era um poeta. Já leu meus livros? São sobre como tirar um país da lama e afundar em um lodo pegajoso sem alternativas de sair do fundo. Perdão, não me aguento. É engraçado, não acha? Aparentemente somos muito diferentes um do outro, mas hoje tenho a sensação, aqui conversando com o senhor, de que na verdade somos muito parecidos. Veja bem, somente em algumas coisas. Por exemplo, sou conhecido como o caçador de marajás, mas sou um deles. Não acha isso engraçado? Estive pensando aqui com os meus botões (vou continuar falando bem baixinho para ninguém ouvir, tá?), o meu irmão me traiu. Esse sujo! Teria sido melhor se fosse como o senhor que teve três irmãos que nem nasceram, assim ficaria mais fácil. Tudo em silêncio, quietinho. Hum, desculpe, um deles levou sua mamãe para o céu, não é mesmo? Sinto muito, meu caro. C'est la vie. Veja, eu cresci ouvindo as pessoas falarem que meu pai era assassino. Onde já se viu? Assassino? Meu pai? Só porque ele deu uns tiros no Plenário naquele crápula que o ameaçou de morte? Ele tinha um amigo, sim, é verdade, o Smith Wesson

38, mas ninguém tem certeza. Os meninos na escola não entendiam que ele foi inocentado, sabe? C'est la vie, novamente. (Tá, ok, bem baixinho aqui, ele matou mesmo aquele homem, por engano. Mas também, o que ele estava fazendo na frente das balas?). Vou confessar só mais uma coisinha, um nadica de nada, só um pensamentozinho que me ocorreu: eu também gosto de jogar dominó!

Olavo chega ao posto dos Correios e enxuga o suor do rosto. Apesar de estar um pouco frio, a caminhada da cabana até o centro do balneário é um pouco longa. Queria ter a energia desse homem que passou correndo, pensou rapidamente quando o viu já distante na areia da praia. Corria descalço em companhia de um cachorro que ia pulando ao seu lado. Distraído que estava, não viu uma moça que passava por ele de bicicleta e quase o atropela. Pediu desculpas, um pouco envergonhado, e caminhou adiante.

Antes de entrar nos Correios, voltou os olhos rapidamente para ela, que ainda estava sentada na bicicleta, e sorriu. Queria entregar-lhe uma cartinha que escreveu há pouco, tem um desenho muito bonito que sua mãe lhe fez, mas dessa vez ela quis deixar apenas com cores, sem formas; acho que você vai gostar, Joana, joaninha.

A moça do caixa pegou a carta, colocou na balança e lhe informou o valor. Olavo pegou as moedas que tinha no bolso da calça e a pagou.

"Como o senhor tem passado? Diga para sua mulher que vou precisar de um vestido novo para a festa de casamento da minha irmã, tá bom? Eu passo na casa de vocês assim que eu tiver um tempinho. Ela vai se casar no mês que vem e como serei madrinha, tenho que estar bem bonita, não acha?", disse a moça dos Correios para o pescador que enviava cartas todas as semanas desde que se mudou para esse pequeno balneário escondido no Sul do Brasil.

8.

O posto dos Correios fica em frente a uma praça que é rodeada por pequenos estabelecimentos comerciais: duas lojas de roupas, uma ao lado da outra, uma mercearia, dessas que se vende de tudo, de comida a panelas de pressão, uma loja de materiais de construção e dois bares, um de frente para o outro.

No meio da praça, fica a igreja.

As paredes externas, que já foram brancas, assumiram uma cor encardida que se mistura com a areia carregada da praia e gruda nos tijolos como se fosse tinta, deixando-a com um aspecto de lugar abandonado.

Mesmo não fazendo sol nem tanto calor nessa época do ano, quando Olavo entra na igreja, depois de subir as dezenas de degraus que separam o nível da praça e a porta principal, chega com a camisa úmida. Incomoda-se com o cheiro de mofo que logo percebe, mas ainda assim caminha até em frente ao altar. Nessa hora do dia, apenas uma senhora que passa pacientemente um pedaço de pano seco em cima da imagem do pequeno Jesus deitado no colo de Maria. A parte de cima do nariz da escultura está quebrada, deixando-a com um aspecto pouco agradável de se ver, mas que combina com o resto do conjunto, já descascado e com outras diversas falhas. Maria não tem a mão direita.

Uma mulher grávida reza de joelhos diante de uma das janelas superiores do lado oposto ao altar. Ela colocou algumas velas no suporte ao lado, cada uma para um pedido diferente, e sussurra repetidamente a mesma oração, esperando até que elas se queimem por completo. Olavo consegue ouvi-la e percebe que fala em italiano. Ela já havia perdido dois filhos (que nem sequer nasceram) e por isso, dessa vez, procurava acalmar a ansiedade pedindo forças para Deus. Seu marido ao lado, segurando suas mãos, entoava a mesma reza, forte, determinada. O pequeno Olavo, sentindo o nervosismo dos pais, sentou-se calmamente na cadeirinha que tinha no quarto deles e colocou as duas mãos abertas juntas, como o anjinho que tinha no quadro da sala. Começou a rezar. Com 3 anos de idade, foi a última vez que viu sua mãe.

> Io credo in Dio Padre onnipotente,
> Creatore del cielo e della terra;
> e in Gesù Cristo, suo unico Figlio, nostro Signore,
> Il quale fu concepito di Spirito Santo,
> nacque da Maria Vergine,
> patì sotto Ponzio Pilato,
> fu crucifisso, morì e fu sepolto;

discese agli inferi;
il terzo giorno risuscitò da morte;
salì al cielo, diede ala destra di Dio Padre
onnipotente;
di là verrà a giudicare i vivi e i morti.
credo nello Spirito Santo,
la Santa Chiesa Cattolica, la comunione dei
santi,
la remissione dei peccati, la risurrezione della
carne,
la vita eterna.
Amen.

Olavo repete a mesma oração sem perceber que já está sozinho dentro da igreja. As velas queimaram-se e a senhora que limpava o rosto do pequeno Jesus havia ido embora. Ele levanta-se e caminha para perto da escultura.

"Foram os cupins", diz um homem vindo de dentro da sacristia.

"Desculpe, eu estava apenas olhando de perto."

"Tudo bem, meu filho, pode olhar. Uma pena que falte um pedaço do nariz de Jesus, não acha?"

Olavo desvia os olhos da escultura.

"O senhor nunca entrou aqui, não é verdade? Fique à vontade, a casa é de todos, olhe as imagens que temos aqui, todas feitas na mesma época, ninguém sabe ao certo quem as fez e nem quando, mas estão aqui há muitos anos. Mesmo nós padres não temos essas informações."

"O senhor me desculpe, não queria atrapalhar", disse Olavo.

"Aconteceu alguma coisa, filho? Algo que eu possa fazer por você? Seu corpo está cheio de bolinhas vermelhas e bastante inchado, o que aconteceu? Eu não falei que não era para ficar chutando os formigueiros e as colmeias nos pés de café? Entende por que eu sempre falo? Agora precisamos te levar para o hospital, senão sua garganta vai fechar e não vai mais conseguir respirar! *Madona mia! Porca putana, figlio mio!*"

"Mas, pai, estamos na igreja, não pode falar essas coisas assim, fale baixo, por favor. Desculpe, eu já entendi, nunca mais vou fazer isso, prometo."

"Não prometa, *figlio mio*, apenas coloque o tênis e venha comigo."

"O senhor tem carro? Mas, pai, não quero ir embora, quero continuar rezando, preciso rezar por muitas horas, dias, meses. O senhor não entende."

"Tudo bem, *figlio mio*, vai ficar tudo bem, já estamos quase perto do hospital. Mas tem que entender que é assim que as coisas funcionam. Está vendo? Agora vamos torcer para que os médicos nos atendam *in fretta*."

"Tudo bem, meu filho, vou te deixar sozinho. Sente-se ali naquela parte da igreja, assim ninguém te incomoda mais, pode rezar por todo o tempo que quiser. Só não se esqueça de fechar a porta quando sair, senão daqui a pouco fica cheio de cachorro urinando nos cantos dos bancos. Olha como eles ficam, está tudo amarelado."

Padre nostro, che sei nei cieli,
sia santificato il tuo nome,
venga il tuo regno,
sia fatta la tua volontà, come in cielo così in terra.
Dacci oggi il nostro pane quotidiano,
e rimetti a noi i nostri debiti
    come noi li rimettiamo ai nostri debitori,
e non ci indurre in tentazione,
ma liberaci dal male.
Amen.

Por horas, repete Olavo as únicas duas orações que sabia de cor e que aprendeu com sua mãe quando ainda criança. Ele a via rezar todos os dias ajoelhada diante de sua cama, sussurrando em italiano os versos que também tinha aprendido com seus pais. Os mesmos pedidos: saúde, graça e que o filho venha saudável. Olavo sonhava noites seguidas com os irmãos que não teve. As imagens continuavam-se, como nas histórias em quadrinhos ou naquelas novelas de rádio que escutavam no interior de São Paulo. No último capítulo, o irmão mais novo explicou por que precisou levar sua mãe com ele. E quando nasceu Joana, os sonhos nunca mais aconteceram.

Sem que Olavo se desse conta, um homem alto, com cabelos levemente longos que escondiam parte dos óculos fundos, rosto com traços fortes senta-se ao seu lado e começa a rezar balbuciando frases desconexas. Logo puxa conversa:

"Sabe, Olavo, acho que estamos ficando velhos, perdendo a memória. Esses dias, pensando em você, acredita que não consegui me recordar como foi que nos conhecemos? E nem faz tanto tempo assim! Comecei a misturar as imagens e nossas conversas, uma confusão!"

"Matias, o que faz aqui?"

"Vim te convidar para mais uma partida de dominó!"

"Mas aqui é uma igreja, não se pode jogar nada, por favor!"

"Ninguém está vendo."

"Não."

"Você sumiu do mapa, desapareceu, evaporou-se. Começamos a trabalhar com um novo tipo de madeira, uma maravilha! E você, meu velho amigo, a crise te pegou, não é? Mas então, quando vai me convidar para tomar um café na sua nova casinha aqui na praia? A Teresa está bem? Olha, hoje eu não posso, preciso rezar um pouco, estou com medo de ficar igual a você, sem memória."

"Eu já estou indo embora. Terminei por hoje."

"Eu se fosse você não sairia agora. Está a maior confusão aqui na praça. Prenderam um homem que estava correndo pela praia chutando os cachorros e as pessoas que encontrava pela frente. Um tipo todo engomadinho, com os cabelos puxados para trás com gel, tênis importado. Está cheio de repórteres e fotógrafos. Espere um pouco, depois você vai."

"Saio pela outra porta."

"Por ali não dá, não. Eu vi uns homens armados descendo de uma pequena embarcação procurando por alguém. Acho que estão atrás de você, meu caro. Você acredita em Deus, Olavo?"

O homem pediu licença a Olavo para deixar uma vela acesa ao seu lado e foi rezar em outro lugar.

9.

Quem encontrou Olavo (que não era mais o Olavo, e sim um pescador do pequeno balneário no Sul do Brasil) foi a mulher que morava na rua de baixo. Ela havia ido para São Paulo a fim de se encontrar com o novo namorado, que havia conhecido perto de sua casa no verão passado, e na volta, o ônibus em que estava teve um pneu furado em frente a um posto de gasolina de beira de estrada. Ela desceu do ônibus para aguardar o motorista resolver o problema e enquanto isso foi tomar um café na lanchonete do posto.

"A senhora pode me dar um cigarro?", pergunta Olavo ainda sem olhar para o rosto da mulher. Ela logo o reconheceu, surpresa de vê-lo sentado no chão do lado de fora da lanchonete. É certo que não havia nenhum banco onde ele pudesse estar, mas o que chamou sua atenção foi o estado em que se encontrava: os cabelos brancos desorganizados, dando a impressão de que faltavam tufos em algumas partes da cabeça, a barba cortada (ou até mesmo arrancada) de um jeito despreocupado, sem se importar com as falhas, a camisa e a calça encardidas de ter rolado pelo chão sujo. Uma das mãos dentro do bolso segurava a carta de Joana, já amassada e pintada de areia.

O único vínculo com a realidade, qualquer que seja ela. Ele refaz em pensamento o caminho que tomou desde que saiu de casa, mas quando chega perto da praia, ao lado do homem que passa por ele correndo, perde a memória e não tem certeza de como chegou até esse ônibus.

Sentada na esquina de sua casa, Teresa, a costureira que faz vestidos e camisas para as pessoas do pequeno balneário, descansa. Andou exaustivamente pela praia procurando pelo marido. Sempre que avistava alguém, demorava-se olhando para essa pessoa até ter certeza de que não se tratava dele. Depois de algumas horas, sua vista já confundia homens com mulheres, crianças com adultos e precisou retornar. Talvez devesse avisar à polícia sobre o desaparecimento de alguém que na verdade nem existia mais, alguém que foi, como ela mesma, e que agora se desintegra no ar, na maresia da praia, no fim do inverno desse ano de 1992.

Nos dias seguintes de quando voltou para casa, Olavo lembra-se de poucas coisas e passa todo o tempo sentado no quintal. Acorda todos os dias na mesma hora, mas não sai para pescar ou para visitar a cabana de madeira. Tem medo de não encontrar o caminho de volta. Só sai de casa quando Teresa deixa os vestidos e as camisas de lado para acompanhá-lo. Por vezes, pergunta para essa mulher ao seu lado, "o que a senhora deseja?". Ela diz que estava de passagem pela rua quando o viu jogando dominó e queria apenas assistir à partida.

Sentado no chão de terra, encostado na parte de trás da cadeira, Olavo organiza a mesa do jogo (postada no chão), arruma as peças (em forma de pedrinhas com os números desenhados à mão) e as distribui em quatro partes iguais. Vence o jogo quem ficar com todas as peças derrubadas. Para isso, tem que combinar os números que tem nas mãos com as pedrinhas que estão dispostas na mesa.

Pouco depois de começar a partida, o jogo é interrompido. Olavo olha para um lado, olha para o outro, faz um movimento com os ombros indicando que não tem certeza, como se dissesse "sei lá" e recomeça a jogada (como inúmeras outras vezes nessa manhã), já que nunca se lembra de quem é a vez.

Ps.:

Na noite em que Teresa falou que estava grávida de Joana, Olavo teve o mesmo sonho. Por cima de uma pequena flor branca, com o miolo amarelo, duas borboletas confundem-se entre as pétalas. Deixam ali centenas de ovos. Mas apenas 3 deles transformam-se em larvas. Em pouco tempo, essas larvas são pupas e quando nasce o sol, entre as folhas de uma araucária, as pupas viram borboletas em zigue-zague. Uma delas para na flor mais próxima, as outras duas, sentindo que teriam pouco tempo de vida, conseguem alcançar um navio atracado no porto pronto para partir. Elas entram sem serem vistas, voam pelo convés na parte da frente, viram pelos corredores desviando-se das pessoas que já estão acomodadas em seus assentos, e chegam até o porão. Pousam em uma pequena mesa ao lado de um dos motores da embarcação e descansam as asas.

Queriam chegar até as montanhas.

Mas os dois não acordaram no dia seguinte.

Brasília, 02 de outubro de 1992

EXTRA - POLÍTICA BRASILEIRA

DEPOIS DE POUCO MAIS DE 2 ANOS DE GOVERNO E DE SER DENUNCIADO POR FAZER PARTE DE UM ESQUEMA DE CORRUPÇÃO, O ATUAL PRESIDENTE DA REPÚBLICA (QUE MUDOU O RUMO ECONÔMICO DE MILHARES DE BRASILEIROS UM DIA APÓS ASSUMIR O PODER) É O PRIMEIRO CHEFE DE ESTADO DO PAÍS A TER O PROCESSO DE *IMPEACHMENT* INSTAURADO NO SENADO E AFASTADO DO PODER. SEU VICE ASSUME A FUNÇÃO ATÉ O JULGAMENTO FINAL.

TODOS OS DETALHES SOBRE A SITUAÇÃO POLÍTICA NO BRASIL NA EDIÇÃO ESPECIAL DE AMANHÃ.

Carlos Machado nasceu em Curitiba, em 1977. É escritor, músico e professor de literatura. Publicou os livros *A Voz do outro* (contos 2004, ed. 7Letras), *Nós da província: diálogo com o carbono* (contos 2005, ed. 7Letras), *Balada de uma retina sul-americana* (novela 2006 e 2a ed. Revisitada 2021, ed. 7Letras), *Poeira fria* (novela 2012, ed. Arte & Letra), *Passeios* (contos 2016, ed. 7Letras), *Esquina da minha rua* (novela 2018, ed. 7Letras), *Era o vento* (contos 2019, Ed. Patuá) e *Olhos de Sal* (Novela 2020, ed. 7letras). Tem contos e outros textos publicados em diversas revistas e jornais literários (Revista Oroboro, Revista Ficções, Revista Ideias, Revista Philos, Revista Arte e Letra, Jornal Rascunho, Jornal Cândido, Jornal RevelO etc.), participou das antologias *48 Contos Paranaenses*, organizada por Luiz Ruffato e *Mágica no Absurdo*, organizada para o evento Curitiba Literária 2018, curadoria de Rogério Pereira, além de outras antologias de contos. Integrou as listas de finalistas do concurso "Off Flip" 2019 e 2021, semifinalista no "IV Prêmio Guarulhos de Literatura" (2020) e venceu o prêmio/edital "Outras Palavras", da Secretaria da Comunicação da Cultura do Paraná (Lei Aldir Blanc) em 2020 . Tem 6 CDs autorais lançados.
www.carlosmachadooficial.com

Este livro foi produzido no Laboratório Gráfico
Arte & Letra, com impressão em risografia
e encadernação manual.

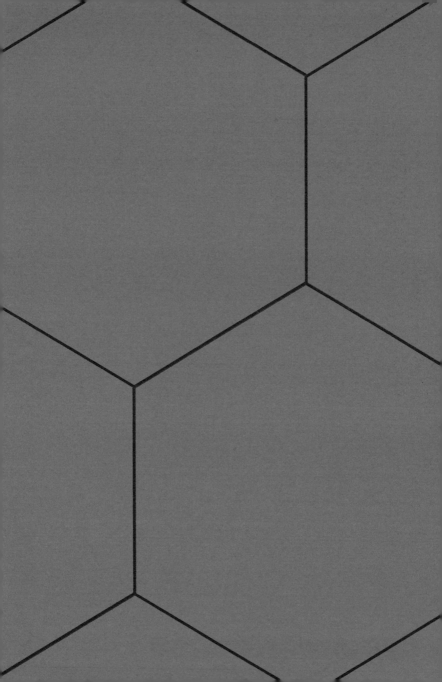